语文第二课堂

花开的旋律

曹文轩 编

山东画报出版社

图书在版编目（CIP）数据

花开的旋律/曹文轩编. —济南: 山东画报出版社, 2019.6
（语文第二课堂）
ISBN 978-7-5474-3131-3

Ⅰ.①花… Ⅱ.①曹… Ⅲ.①儿童文学－作品综合集－世界
Ⅳ.①I18

中国版本图书馆CIP数据核字(2019)第075748号

语文第二课堂
花开的旋律
曹文轩　编

项目统筹　王一诺
责任编辑　王一诺
装帧设计　吕　顺　黄梅青
插图绘画　黄　捷

出 版 人　李文波
主管单位　山东出版传媒股份有限公司
出版发行　山东画报出版社
　　　　　社　　址　济南市市中区英雄山路189号B座　邮编 250002
　　　　　电　　话　总编室（0531）82098472
　　　　　　　　　　市场部（0531）82098479　82098476（传真）
　　　　　网　　址　http://www.hbcbs.com.cn
　　　　　电子信箱　hbcb@sdpress.com.cn
印　　刷　山东临沂新华印刷物流集团有限责任公司
规　　格　165毫米×235毫米　1/16
　　　　　8印张　13幅图　60千字
版　　次　2019年6月第1版
印　　次　2019年6月第1次印刷
书　　号　ISBN 978-7-5474-3131-3
定　　价　25.00元

如有印装质量问题，请与出版社总编室联系更换。

序 言

　　无论是中国的语文教学大纲、课程标准还是国外的语文教学大纲、课程标准，也无论是哪一时代的语文教学大纲、课程标准，都无一例外地将学习语文的目的确定为：培养学生的语言文字表达能力。相对于"人文性"这一概念，我们将这一点说成是语文的"工具性"。这么说没有问题——问题是我们对"工具性"的理解是不够的。在我们的感觉中，"工具性"似乎是一个与"人文性"在重要性上是有级别差异的概念。我们在说到"工具性"时往往都显得不那么理直气壮，越是强调这一点就越是觉得它是一个矮于"人文性"的观念，只是我们不得不说才说的。其实，这里的"工具性"至少是一个与"人文性"并驾齐驱的概念。离开语言文字，讨论任何问题几乎都是没有意义的。另外我们有没有注意到，语言文字根本上也是人文性的。难道不是吗？二十世纪哲学大转型，就是争吵乃至恶斗了数个世纪的哲学忽于一天早晨都安静下来面对一个共同的问题：语言问题。哲学终于发现，所有的问题都是通向语言的。不将语言搞定，我们探讨真理几乎就是无效的。于是语言哲学成为几乎全部的哲学。一个个词，一个个句子，不只是一个个词，一个个句子，它们是存在的状态，是存在的结构。海德格尔、萨特、加缪、维特根斯坦等，将全部的时间用在了语言和与语言相关的问题的探讨上。甚至一些作家也从哲学的角度思考语言的问题。比如米兰·昆德拉。他写小说的思路和方式很简单，就是琢磨一个个词，比如"轻"，比如"媚俗""不朽"等。他告诉我们，一部小说只需要琢磨一两个词就足够了，因为所有的词都是某种存在状态，甚至是存在的基本状态。

从前说语言使思想得以实现，现在我们发现，语言本身就是思想，或者说是思想的产物。语言与思维有关。语言与认知这个世界有关，而认知之后的表达同样需要语言。语言直接关乎我们认知世界的深度和表达的深刻。文字使一切认识得以落实，使思想流传、传承成为可能。

从这个意义上说，语言文字能力，是一个健全的人的基本能力。而语文就是用来帮助人形成并强化这个能力的。为什么说语文学科是一切学科的基础，道理就在于一个人无论从事何种职业，都必须以很好的语言文字能力作为前提。因为语言文字能力与认知能力有关。

但要学好语文，只依赖于语文教科书恐怕是难以做到的。

语文教科书只是学好语文的一部分，甚至说是很有限的一部分。语文教学是语文学习的引导，老师们通过分析课文，让学生懂得如何阅读和分析课文，如何掌握语言文字去对世界进行思考和如何用语言文字去表述这个世界。但几本语文教科书能够提供给学生的学习文本是十分有限的，仅凭这些文本，要达到理想的语文水平是根本不可能的。语文能力的形成和语文水平的提高，必须建立在广泛而深入的课外阅读上——语文教材以外的书籍阅读上。许多年前我就和语文老师们交谈过：如果一个语文老师以为一本语文教材就是语文教学的全部，那么，要让学生学好语文是不可能的。从讲语文课而言，语文老师也要阅读大量教材以外的书籍，因为攻克语文这座山头的力量并不是来自语文教科书本身，而是来自于其他山头——其他书籍，这些山头屯兵百万，只有调集这些山头的力量才能最终攻克语文这座山头。对学生而言，只有进行广泛而深入的课外阅读，才能深刻领会语文老师对语文教科书中的文本讲解，才能让语文教科书发挥应有的作用。

人类历史数千年，写作作为一种精神活动的历史也已十分漫长，天下好文章绝不是语文教科书就能容纳下的。所以，我们只有以语文教科书为依托，尽可能地阅读课外的书籍。但问题来了：这世界上的书籍浩如烟海、满坑满谷，一个人是不可能将其统统阅读尽的，即便是倾其一生，也不可能；关键是这些书籍鱼龙混杂，不是每一本、每一篇都值得劳心劳力去阅读的。这就要由一些专门的读书人去为普通百姓去选书，而对于中小学生而言，就更需要让有读书经验的人，为他们选择书籍了，好让他们将宝贵的时间用在最值得阅读的书籍上。

对于小学生而言，自由阅读固然重要，但有指导的阅读同样重要，甚至说更加重要。《语文第二课堂》就是基于这样的理念而编写成的。参与这套书编写的有专家学者，有一线的著名语文老师，我们的心愿是完全一致的：尽可能地将最好的文本集中呈现给孩子们，然后精心指导他们对这些文本加以阅读。从某种意义上说，这套书是因教科书而设置的语文课堂的延续和扩展——语文的第二课堂。

曹文轩

2019 年 4 月 29 日于北京大学

目 录

诗歌里的童年

走进童话王国

有趣的生活

中国楷模

中华成语故事

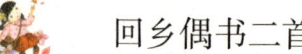

古诗词积累——思乡诗

和大人一起读

诗歌里的童年

童年的美好总是让人怀恋，童年有对整个世界的好奇心，对未来生活的向往和期待……童年也离不开妈妈的每一次陪伴，妈妈的耳朵总是能听到我们的呼唤，让我们无时无刻不感到温暖。我们也对这个世界有小小主人公的一份责任，要让地球变得充满绿色，充满阳光……就让我们一起走进诗歌里的童年吧！

导读

早晨的被窝真温暖，你会不会也懒洋洋的，不想起床？可如果总赖在被窝里，我们将错过一些美好的东西，那会是什么呢？

xiǎo niǎo de chén gē
小鸟的晨歌

［美］乔治·库柏

xiǎo bǎo bèi　kuài qǐ chuáng　niǎo ér yǐ lí cháo
小宝贝，快起床，鸟儿已离巢，

nǐ hái zài bèi wō
你还在被窝！

zuì lǎn de xiǎo niǎo yǐ qǐ wǔ
最懒的小鸟已起舞，

nǐ yě gāi hé tā men yí yàng
你也该和他们一样。

qǐ chuáng　xiǎo bǎo bèi　kuài qǐ chuáng
起床，小宝贝，快起床！

哦，看你的贪睡错过了，

美丽的露珠与晨空！

那错过的晨歌将无法重奏，

你也将没有机会与我同歌。

起床，小宝贝，快起床！

我在耐心地等候着，

直到妈妈的吻印上你的前额；

小鸟已暗自尽了力，

要借妈妈的一吻把你从梦中

唤醒！

起床，小宝贝，快起床！

牵手阅读

这首诗歌以小鸟动听的口吻呼唤孩子快点儿起床，亲切生动，妙趣横生。早晨的露珠多么美丽，头顶的天空多么广阔，鸟儿的歌声又是多么动人，妈妈的吻已印上你的前额，想想看，这样的早晨是不是很可爱呢？所以，你愿意早点儿起床，迎接这美妙的一切吗？

妈妈的耳朵真奇怪，无论你到了哪里，她都能立刻听到你的呼唤，瞬间出现在你的身边。难道妈妈是有超能力吗？

妈妈的耳朵

圣 野

妈妈的耳朵
特别灵，
好像装了
一部电话机。

妈妈在五楼，
我在楼下
轻轻地一叫，

妈妈就奔下来，

给我开了门。

妈妈在午睡，

我在楼下

轻轻地一叫，

妈妈又在

梦里面听到了，

妈妈很快

擦擦眼睛，

下来给我开了门。

我问妈妈：

有一天，

当我走远了，

zǒu dào tiān biān biān
走到天边边，

hǎn yì shēng mā ma
喊一声妈妈，

mā ma yě néng tīng dào
妈妈也能听到

nǚ ér de hū huàn ma
女儿的呼唤吗？

mā ma wēi xiào le yí xià
妈妈微笑了一下，

qiāo qiāo de gào su wǒ
悄悄地告诉我：

néng
能！

牵手阅读

这是一首非常优美的短诗，每一小节都有相似的句子，循环往复，让人印象深刻。每一次"我"呼唤妈妈，哪怕声音很小，妈妈都会立刻出现在"我"的身边。作者用"楼下""午睡"这样富有生活气息的场景，形象地描绘出妈妈对孩子的担心和关爱。小朋友，你的妈妈也有这样神奇的耳朵，或者其他的神奇之处吗？这需要你仔细观察妈妈的生活哦！

导读

"大"与"小"是我们刚开始学写字时就学会的字，这两个字不仅有表面上"大"与"小"的意思，还有更深层次的含义，让我们一起看看吧！

大 小 大

梅子涵

wǒ zài xiě zì　　dà　　nǐ kàn dà bú dà
我 在 写 字 。 大 。 你 看 大 不 大 ？

wǒ hái huì xiě xiǎo
我 还 会 写 小 。

mā ma shuō　　　　zhè ge xiǎo hǎo dà
妈 妈 说 ： "这 个 小 好 大 ！"

nà me wǒ jiù bǎ xiǎo xiě de xiǎo yì diǎn ba　　xiǎo
那 么 我 就 把 小 写 得 小 一 点 吧 ： 小 。

xiǎo shì wǒ　　dà shì mā ma　　dà shì bà ba
小 是 我 ，大 是 妈 妈 ，大 是 爸 爸 。

dà xiǎo dà
大 小 大

妈妈说："等你长大了，就和大一样大了。"

大大小

"等我长得更大了，会比大更大吗？"

妈妈说："那肯定的啊！"

那么就会这样了，大大小。

那么我就站在当中，因为我要搀住爸爸妈妈走路。

大小大。

爸爸妈妈就不会摔跤了。

花开的旋律

牵手阅读

　　这篇故事的作者梅子涵是儿童文学作家，我们看到这篇他写的故事完全是以一个孩子的口吻叙述，从孩子的眼光看"大"与"小"。故事由浅入深，孩子从"大小·大"的字体变化中看到了自己的成长、父母的衰老。小朋友们，在你们的眼中，"大"和"小"有什么含义呢？"大"与"小"能够互相转化吗？

"悄悄"是什么意思呢？走路静悄悄、吃饭的时候不发出声音，还是听课时保持安静？或许，这个简单的词语背后，有着深刻的人生哲理。

悄 悄
qiāo qiāo

薛卫民

悄悄，
qiāo qiāo

就是谁也不知道。
jiù shì shuí yě bù zhī dào

悄悄，
qiāo qiāo

就是谁也看不着。
jiù shì shuí yě kàn bù zháo

小孩，
xiǎo hái

悄悄长大。
qiāo qiāo zhǎng dà

xiǎo shù
小 树，

qiāo qiāo zhǎng gāo
悄 悄 长 高。

 牵手阅读

　　这首小诗的作者薛卫民是中国当代儿童诗坛上比较重要的诗人之一，他的诗歌富有童心，常常有对儿童成长轨迹的描述，并带有一种理性的思考。这首《悄悄》也是如此，作者用简短的话语解释了"悄悄"的含义：谁也不知道、谁也看不着，这就像孩子的成长一样，孩子像小树一样在没有人发觉的时候一天天长高，慢慢地，他们成长为大人。这也正是我们身边悄悄溜走的时间啊。如果让你用一个词来形容我们的成长，你会用哪个词呢？

　　小朋友们，你们是否也经历过趴在窗台边，望着夕阳西下，听着时钟滴滴答答，急切盼望着妈妈下班回家的情景呢？

穿浅蓝格子衬衫的太阳

王立春

只要时钟能把五点撞响

妈妈你就能从那片房子中走出来

你下班了妈妈

手里捧着刚买的豆角

或是紫色的茄子

cōng cōng de wǎng jiā zǒu
匆 匆 地 往 家 走

bái sè de fēng zài nǐ de shǒu shàng tiào dú jiǎo wǔ
白 色 的 风 在 你 的 手 上 跳 独 脚 舞

nǐ dōu kàn bú jiàn
你 都 看 不 见

zhǐ guǎn yí gè xīn sī de huí jiā
只 管 一 个 心 思 地 回 家

yí lù xiǎo pǎo
一 路 小 跑

mā ma nǐ kàn nà tài yáng yě wǎng jiā zǒu zhe
妈 妈 你 看 那 太 阳 也 往 家 走 着

xī shān nà biān shì tā de jiā
西 山 那 边 是 她 的 家

tā jìng bù huāng bù máng
她 竟 不 慌 不 忙

yīn wèi tā méi yǒu hái zi
因 为 她 没 有 孩 子

ér nǐ de hái zi zài xī yáng de jiǎo bù shēng lǐ
而 你 的 孩 子 在 夕 阳 的 脚 步 声 里

zhǔn shí de zhàn shàng chuāng tái
准 时 地 站 上 窗 台

bí zi zài bō li shàng
鼻 子 在 玻 璃 上

yā chéng yì pái biǎn biǎn de xiǎo mó gu
压 成 一 排 扁 扁 的 小 蘑 菇

mā ma rú guǒ nǐ zhǎng zhe jù rén de tuǐ
妈 妈 如 果 你 长 着 巨 人 的 腿

就可以一步跨过壕沟跨过大地

跨过小河

后脚都不用抬

就到了我们门前

哗啦啦的大门声里

我们要蹦起来

进屋时

我们都转向了你

像灿烂的向日葵

妈妈

你是我们带着一脸笑的

穿浅蓝格子衬衫的太阳

牵手阅读

　　这首小诗字里行间洋溢着孩童对妈妈纯真的爱，以及对大自然烂漫的想象。作者运用拟人的手法，赋予"白色的风""太阳"人的情感和情态，风会在妈妈的手上跳舞，太阳也会走向西山那边的家，自然的万物都伴随在妈妈的身边，构成了一幅生动活泼的图画。而"我"多么希望妈妈能长着巨人的双腿，一步就能到家。那么，小朋友们，我们该用什么样的方式表达对妈妈的关心和爱呢？

导读

　　小朋友们，当你听到树叶沙沙作响，看到花儿吐露芬芳、风儿自由飞翔，你们会想到什么呢？当可以触摸奇妙、美丽的大自然，在阳光下肆意地奔跑，你们是否想要融入其中，成为一株可爱的小花或小草呢？让我们看看下面这首小诗是怎么说的吧！

xiǎng biàn chéng
想变成

金波

xiǎng biàn chéng yì kē shù
想变成一棵树

yōng yǒu wú shù yè zi
拥有无数叶子

wēi fēng lǐ shā shā zuò xiǎng
微风里沙沙作响

jiǎng shù zhe lǜ sè de gù shi
讲述着绿色的故事

xiǎng biàn chéng yì duǒ huā
想 变 成 一 朵 花

qù dào shān yě lǐ ān jiā
去 到 山 野 里 安 家

lā qǐ xiǎo cǎo de shǒu
拉 起 小 草 的 手

sòng gěi dà dì yì fú huà
送 给 大 地 一 幅 画

xiǎng biàn chéng yí zhèn fēng
想 变 成 一 阵 风

kāi shǐ kuài lè de fēi xiáng
开 始 快 乐 地 飞 翔

wú lùn dào shén me dì fang
无 论 到 什 么 地 方

dōu sòng qù niǎo yǔ huā xiāng
都 送 去 鸟 语 花 香

牵手阅读

　　金波是我国著名儿童文学作家，文风优美、活泼，充满着童稚的诗意。在小诗《想变成》中，作者运用烂漫而生动的想象，以天真的口吻吐露孩子们对于大自然的向往，编织了一个关于绿色和自由的晶莹的梦。那么，小朋友，你最喜欢的大自然的生物是什么呢？你喜欢它的理由又是什么呢？

导读

　　小朋友，你在生活中一定有过吃橘子的经历吧？看到黄澄澄、圆滚滚的橘子，你会想到什么呢？

橘　子

李姗姗

一个橘子
会开两次花
一次在树上

lìng yí cì zài shǒu xīn
另一次在手心

bāo kāi de jú zi
剥开的橘子

shì yì duǒ shèng kāi de huā
是一朵盛开的花

yí cì hěn xiāng
一次很香

lìng yí cì hěn tián
另一次很甜

牵手阅读

这首儿童诗洋溢着诗意烂漫的童真和精巧别致的想象。作者从生活的细微处取材，述说橘子的两次开花，"一次在树上""一次在手心"，一次是生命的绽放、一次是生命价值的完成，一次香气扑鼻、一次柔软甜蜜。在小小的橘子当中，仿佛生长着一个温馨美好的梦，带领我们走进生机盎然的大自然，发现生活的美丽与乐趣。那么小朋友，当你看到橘子、品尝橘子的时候，你又会产生怎样奇妙的联想呢？

一个手掌上有五根手指，五根手指像什么呢？手掌又像什么呢？快来寻找答案吧！

五个枝丫的小树

邱易东

我的两只手

真像两棵树

两棵长着五个枝丫的小树

阳光下

我高高地举起这两棵树

伸开所有的枝丫

希望能够看到
真正的树叶
真正的果子

可是只看到
远处
蓝天、白云
大地和道路

于是我在手背和手掌上
画上茂密的绿树叶
画上熟透的红果子
还画上两只
飞来的小鸟
我的追求和愿望

　　童年时期的我们，总是对周围的事物充满好奇。把"两只手"想象成"两棵长着五个枝丫的小树"，是一种儿童特有的眼光和感受，也蕴含着孩童独特的想象力和创造力。"五个枝丫的小树"充满生命的力量和初生的希望，就像孩子一样，是每个国家和民族的希望。小朋友们也可以自己想一想，五个手指还像什么呢？每个手指都可以有自己的意义，大拇指代表着赞许，中指代表修长的美，小指代表柔弱娇小……每根手指都是不可或缺的。"无名指"虽然叫"无名"，但倘若没有它，我们平时写字、吃饭还会这样方便吗？

导读

当"咚咚咚"的敲门声响起，你会期盼着谁的到来呢？
让我们一起走进下面这首小诗，一探究竟吧！

敲 门
qiāo mén

胡顺猷

wǒ yí gè rén zài jiā de shí hou
我一个人在家的时候

zǒng xiǎng bà ba mā ma lái qiāo mén
总想爸爸妈妈来敲门

wǒ hé bà ba zài jiā de shí hou
我和爸爸在家的时候

zǒng xiǎng mā ma lái qiāo mén
总想妈妈来敲门

wǒ hé mā ma zài jiā de shí hou
我和妈妈在家的时候

zǒng xiǎng bà ba lái qiāo mén
总想爸爸来敲门

wǒ men quán jiā dōu zài jiā de shí hou
我们全家都在家的时候

lái qiāo mén de yí dìng shì kè rén
来敲门的一定是客人

牵手阅读

　　这首小诗的作者用细腻的眼光打量生活，选取"敲门"这样一个常见的意象，以儿童天真的视角挖掘其中隐含的家庭之爱、人情温暖。当然，身处家庭的同时，我们也需要参与社会，友爱待人，礼貌处事，多多结交邻里朋友，让生活变得更加生动和精彩。小朋友们，除了最爱的父母，你们还有哪些好朋友呢？我们又应该如何同好朋友相处呢？

导读

　　小朋友们，你们有没有参与环保活动的经历呢？看到蓝蓝的天空、粉嫩的花朵，你们是否也想为未来的地球留下些什么呢？那就让我们一起走进诗歌吧！

给未来一片绿色

佚 名

轻轻地打开地球画册，

山山水水都在问我：

"小朋友，跨世纪的小朋友，

你想给未来的地球留下什么？

是留下一棵树，

还是留下一朵花？

是留下一个生命的春天，

还是留下一片永恒的绿色？"

啊，你说，我说，他说：

"给未来留下一个更美的地球，

和一首绿色和平的歌！

深情地挥动七彩画笔，

蓝天大海都会欢迎我。"

小天使，大自然的小天使，

你想给未来的世界画些什么？

是画出青山常青，

还是画出绿遍沙漠？

是画出常开不败的花季，

还是画出永不消失的春色？

啊，有你，有他，有我，

gěi shì jiè huà chū yí gè gèng měi de wèi lái
给世界画出一个更美的未来，

hé yì shǒu ài hù dì qiú de gē
和一首爱护地球的歌！

牵手阅读

绿水青山、蓝天白云，大自然和煦而美好的一切都是地球母亲的慷慨馈赠。然而随着人类活动的增多，我们的大自然正在遭受着污染与破坏，地球母亲的笑容也渐渐笼罩起一片阴霾。那么小朋友们，为了还我们的地球家园一片永恒的绿色，我们应该做些什么呢？

zǒu jìn tóng huà wáng guó
走进童话王国

tóng huà lǐ yǒu shǎn shuò de xiǎo xīng xing　yǒu zhōu jiū
童话里有闪烁的小星星、有啁啾

gē chàng de xiǎo niǎo　yǒu yáo dòng zhe xiǎo nǎo dai de xiǎo huā xiǎo
歌唱的小鸟、有摇动着小脑袋的小花小

cǎo　yǒu qīng qīng liú tǎng de xī shuǐ yǔ xiǎo hé　qí miào ér
草、有轻轻流淌的溪水与小河,奇妙而

mèng huàn　běn dān yuán shè zhì de tóng huà gù shì　dài lǐng wǒ
梦幻。本单元设置的童话故事,带领我

men zǒu jìn yí gè wǔ cǎi bīn fēn de tóng huà shì jiè　zài yuè dú
们走进一个五彩缤纷的童话世界。在阅读

de guò chéng zhōng　qǐng xiǎng yi xiǎng　tóng huà shì jiè yǔ xiàn shí
的过程中,请想一想,童话世界与现实

shì jiè yǒu nǎ xiē bù tóng ne　nǎ yì piān gù shi zuì lìng nǐ yìn
世界有哪些不同呢?哪一篇故事最令你印

xiàng shēn kè ne　nǐ néng yòng zì jǐ de huà jiāng gù shi fù shù
象深刻呢?你能用自己的话将故事复述

yí biàn me
一遍么?

导读

　　小耗子在合唱队里参与排练时怎么也唱不好歌，但走在开阔的原野放声歌唱时，歌声却分外优美动听，这是为什么呢？

自己的声音

金 波

森林合唱团正在排练一首歌：

咯吱吱，咯吱吱，

森林里来了一只小耗子。

小耗子，啃木头，

啃呀，啃呀，磨牙齿。

咯吱吱，咯吱吱。

大家唱得很齐，唯有小耗子合不上拍子，不是快，就是慢，惹得黑猩猩指挥很生气。他质问小耗子：

"小耗子，你怎么老是唱不对？"

"我，我也不知道。"小耗子低着头说。

"是不是因为唱的是小耗子啃木头，你就故意不好好唱？"黑猩猩大声问。

"不是。我好好唱了。"小耗子细声细气地说，"我知道小耗子就爱啃木头。"

大家一听，都哈哈大笑起来。

"不许笑！继续排练！"黑猩

xīng huī qǐ zhǐ huī bàng
猩挥起指挥棒。

gē zī zī　　gē zī zī
咯吱吱，咯吱吱，

sēn lín lǐ lái le yì zhī xiǎo hào zi
森林里来了一只小耗子。

xiǎo hào zi hái shì chàng bú duì
小耗子还是唱不对。

hēi xīng xing dà shēng hǒu dào　　xiǎo hào zi
黑猩猩大声吼道："小耗子，

nǐ bèi kāi chú le　　zǒu ba
你被开除了，走吧！"

xiǎo hào zi kū zhe zǒu le
小耗子哭着走了。

tā bù xiǎng huí jiā　　ràng bà ba mā ma zhī dào
他不想回家，让爸爸妈妈知道

le　　tā men huì pī píng tā bèn de
了，他们会批评他笨的。

xiǎo hào zi zǒu chū sēn lín　　zài kāi kuò de yuán
小耗子走出森林，在开阔的原

yě shàng zǒu zhe
野上走着。

yuán yě shàng pū zhe hòu hòu de bái xuě　　xiǎo hào
原野上铺着厚厚的白雪。小耗

zi zǒu zài xuě dì shàng
子走在雪地上。

sì zhōu ān jìng jí le　　zhǐ tīng jiàn jiǎo xià fā chū
四周安静极了，只听见脚下发出

"咯吱吱，咯吱吱"的声音。

他觉得这声音，就像他刚才唱的那首歌。

他踏着自己的脚步声，一边走，一边唱：

咯吱吱，咯吱吱，

森林里来了一只小耗子。

他唱得很开心。他再也不用担心黑猩猩会吼他，他可以自由自在地唱。

他放开喉咙大声地唱。他的歌声很嘹亮，传得很远很远，一直传进森林里。

黑猩猩指挥听到了，停止了排

练，让大家静下来，仔细地听。黑猩

猩连连说着：

"你们听，这是谁在唱啊？真

好真好！听他唱得多么准确，多么

轻松，多么自然，多么……"

黑猩猩不知道该用什么词儿来

赞美那歌声。小耗子的歌声又传

过来：

咯吱吱，咯吱吱，

森林里来了一只小耗子。

……

在这则小·故事中，小·耗子因为畏惧大猩猩指挥的批评，任凭怎么努力也合不上歌曲的拍子，但当他独自一人走在旷野之中时，自由自在的歌声却分外自然且优美。小·朋友们在现实生活中是否也会遇到类似的情况呢？是否会因为他人的眼光和特定的标准，感到紧张，收束自己，从而导致频繁失误？这说明自在、轻松的环境往往能调动人的潜力和才能。因此我们要拥有轻松自在的态度，随时随地表现最好的自己。

礼　物

俄罗斯童话

　　大象阿姨领着一群小动物去森林里玩。不过，今天大家都想写首诗送给妈妈，当作节日的礼物。

　　你看：小兔子坐在树墩上抓长耳朵；小老鼠在地上写写涂涂；小笨熊大摇大摆地走来走去，嘴里哼哼着什么；小鹿转着圈子；小狮子闭着眼躺着，尾巴却在地上打拍子；小猴子倒挂在树枝上，荡来荡去，没去戏弄谁……

天快黑了，小动物该回家了。

大象阿姨问："怎么样，诗写出来了吗？"

小动物们一个个都愁眉苦脸的。

小兔子说："我只想出来一句。"

"我也只想出一句。"小笨熊叹了口气。

其他小动物都说只想出一句。

大象阿姨说："让我们听听吧，从小兔子开始，一个个来。"

"我的妈妈最勇敢！"小兔子朗诵。

大家都笑了，大象阿姨称赞说：

"很好。"小兔子很不好意思。

小狮子接着念："我的妈妈最

温柔！"大家也笑了。

小鹿害羞得头低到了地上，小

声说："我的妈妈最大方！"大家

听后交头接耳。

小猴子等不及了，抢着说：

"我的妈妈最美丽！"他还问大家

他说得对吗。

"我的妈妈最善良！"小笨熊

低声说。

"我的妈妈最坚强！"小老鼠

zī zī jiào dào，dòu de dà jiā yòu hā hā dà xiào
吱 吱 叫 道，逗 得 大 家 又 哈 哈 大 笑。

dà xiàng ā yí zuì hòu shuō nǐ men xiǎng chū
大 象 阿 姨 最 后 说："你 们 想 出

de zhè yí jù dōu hěn hǎo jiā zài yì qǐ jiù shì yì
的 这 一 句 都 很 好，加 在 一 起 就 是 一

shǒu hǎo shī kě yǐ sòng gěi quán shì jiè de mā ma
首 好 诗，可 以 送 给 全 世 界 的 妈 妈。"

xiǎo dòng wù men gāo xìng de lǎng sòng qǐ lái
小 动 物 们 高 兴 地 朗 诵 起 来：

wǒ de mā ma zuì měi lì
我 的 妈 妈 最 美 丽！

wǒ de mā ma zuì shàn liáng
我 的 妈 妈 最 善 良！

wǒ de mā ma zuì wēn róu
我 的 妈 妈 最 温 柔！

wǒ de mā ma zuì dà fang
我 的 妈 妈 最 大 方！

wǒ de mā ma zuì yǒng gǎn
我 的 妈 妈 最 勇 敢！

wǒ de mā ma zuì jiān qiáng
我 的 妈 妈 最 坚 强！

（刘昌炎 译）

牵手阅读

　　在每一个小动物的眼中都有着全世界独一无二的妈妈，她们或是"勇敢""温柔""大方"的，亦或者是"美丽""善良""坚强"的。但作为妈妈这样一个角色，她们用最温暖的乳汁哺育我们；用最坚实的双臂给予我们温馨的港湾；又用勇敢且美丽的微笑教会我们乐观待事。因而全世界的妈妈都应该被歌唱、被赞扬。那么小朋友们，当母亲节来临时，我们应该做些什么呢？

导读

　　有一把奇怪的雨伞，熊妈妈打的时候，它只能挡住小熊宝宝那边，小熊宝宝身上一点儿雨也没有，熊妈妈却被雨淋湿了。这是为什么呢？

奇怪的雨伞

张秋生

　　熊妈妈和她的宝宝小熊姑娘出门。

　　天下起雨来了。

　　熊妈妈撑开一把漂亮的雨伞，熊妈妈和小熊姑娘听小雨点在伞上跳着舞、唱着歌。

为了不让雨点打湿小熊姑娘的衣裳和头上的蝴蝶结，熊妈妈总是把雨伞伸向小熊姑娘那一边……

雨停了，熊妈妈收起了雨伞。

小熊姑娘摸摸自己身上，一点儿也没淋湿，她再一瞧，妈妈的半边身子全湿了。

小熊姑娘说："怎么我身上没湿，妈妈的身上却湿了？这真是一把奇怪的雨伞啊！"

小熊姑娘长大了，她也当上了妈妈。

有一天，小熊妈妈抱着自己的小熊宝宝逛街。天上开始飘下雨点。小熊妈妈打开了漂亮的小雨伞，他们一起听小雨点在伞上唱歌、跳舞。为了不让小熊宝宝淋着雨，不让小雨点打湿他的衣服和新买的小足球，小熊妈妈老是把小雨伞往小熊宝宝那边靠。

天晴了，小熊妈妈收起雨伞。小熊宝宝瞧着自己身上和手里的小足球一点儿没湿，小熊妈妈却湿了半边身子。他说："这真是一把奇怪的小雨伞！"

小熊妈妈说："是的，从前我妈妈也有一把这样的雨伞！

牵手阅读

"奇怪的雨伞"其实并不奇怪，只是因为在雨中撑着这把伞的妈妈一心想着孩子而忘记了自己，它才变成了一把只让雨水打湿妈妈身体的奇怪的雨伞。作者让童话里的小熊姑娘从一个孩子长成了一位妈妈，这样她也从一个"奇怪的雨伞"的体验者变成了它的主动的创造者。这让我们明白，每一个妈妈都怀着对孩子忘我的爱，每一个妈妈也都有把这样的"奇怪的雨伞"。

冬天到啦，小动物们要准备过冬啦。可是有些小动物没有准备好粮食，他们该怎样度过这个冬天呢？仓老鼠有很多粮食，他会不会借给大家呢？

cāng lǎo shǔ hé lǎo yīng jiè liáng
仓老鼠和老鹰借粮

汪曾祺

cāng lǎo shǔ hé lǎo yīng jiè liáng　　　　　shǒu
仓老鼠和老鹰借粮，——守

zhe de méi yǒu　　fēi zhe de dào yǒu
着的没有，飞着的倒有？

hóng lóu mèng
——《红楼梦》

tiān cháng la　　yè duǎn la　　hào zi dà ye qǐ
天长啦，夜短啦，耗子大爷起

wǎn la
晚啦！

走进童话王国

049

耗子大爷干吗哪？耗子大爷穿套裤哪。

来了一个喜鹊，来跟仓老鼠借粮。

喜鹊和在门口玩耍的小老鼠说："小胖墩，回去告诉老胖墩：'有粮借两担，转过年来就归还。'"

小老鼠回去跟仓老鼠说："有人借粮。"

"什么人？"

"花喜鹊，尾巴长，娶了媳妇忘了娘。"

"哦！喜鹊。他说什么？"

"小胖墩，回去告诉老胖墩：

‘有粮借两担，转过年来就归还。’”

“借给他两担！”

天长啦，夜短啦，耗子大爷起晚啦。

耗子大爷干吗哪？耗子大爷梳胡子哪。

来了个乌鸦，来跟仓老鼠借粮。

乌鸦和在门口玩耍的小老鼠说：

“小尖嘴，回去告诉老尖嘴：‘有粮借两担，转过年来就归还。’”

小老鼠回去跟仓老鼠说：“有人借粮。”

“什么人？”

"从南来了个黑大汉，腰里别着两把扇。走一走，扇一扇，'阿弥陀佛好热的天！'"

"这是什么时候，扇扇？！"

"是乌鸦。"

"他说什么？"

"小尖嘴，回去告诉老尖嘴：'有粮借两担，转过年来就归还。'"

"借给他两担！"

天长啦，夜短啦，耗子大爷起晚啦！

耗子大爷干吗哪？耗子大爷"咕嘟咕嘟"抽水烟哪。

来了个老鹰，来跟仓老鼠借粮。

老鹰和在门口玩耍的小老鼠说：

"小猫菜，回去告诉老猫菜：'有粮借两担，转过年来不定归还不归还！'"

小老鼠回去跟仓老鼠说："有人借粮。"

"什么人？"

"钩鼻子，黄眼珠，看人斜着眼，说话尖声尖气。"

"是老鹰！——他说什么？"

"他说：'小猫菜回去告诉老猫菜——'"

"什么'小猫菜''老猫菜'！"

"——'有粮借两担'——"

"转过年来?"

"——'不定归还不归还!'"

"不借给他!——转来!"

"……"

"就说我没在家!"

小老鼠出去对老鹰说:"我爹说他没在家!"

仓老鼠一想:这事完不了,老鹰还会来的。我得想个办法。有了!我跟他哭穷,我去跟他借粮去。

仓老鼠找到了老鹰,说:"鹰大爷,鹰大爷!天长啦,夜短了,盆光啦，瓮浅啦。有粮借两担，转过年来两担还四担！"

老鹰一听，气不打一处来：这可真是："仓老鼠跟老鹰借粮，守着的没有，飞着的倒有！"

"好，我借给你，你来！你来！"

仓老鼠往前走了两步。

老鹰一嘴就把仓老鼠叼住，一下飞到树上，两口就把仓老鼠吞进了肚里。

老鹰问："你还跟我借粮不？"

仓老鼠在鹰肚子里连忙回答："不借了！不借了！不借了！"

花开的旋律

牵手阅读

　　作者汪曾祺是中国当代著名作家，他的小说充满"中国味儿"，这篇小故事也同样有着中国味道。故事里每句对话都像歇后语一样朗朗上口，如："花喜鹊，尾巴长，娶了媳妇忘了娘。"不仅是歇后语的形式，而且合辙押韵。"天长啦，夜短啦，耗子大爷起晚啦！"这句话也有着另一层意思，"天长夜短"意味着秋分过后，白昼渐短，黑夜渐长，寒冷的冬天要来了，这是自然界的规律。作者把时间隐藏在对白里，不得不说十分巧妙。你能运用这些对白，加上自己的动作，把这个故事表演给同学们吗？

快过生日的笨狗熊想请小动物们来新家做客，可是一直等到天黑也不见一个客人来，这是怎么一回事呢？

bèn gǒu xióng qǐng kè
笨 狗 熊 请 客

樊发稼

bèn gǒu xióng yǒu hǎo duō péng you
笨 狗 熊 有 好 多 朋 友：

shān hóu la　　líng yáng la　　yě zhū la　　bān mǎ
山 猴 啦，羚 羊 啦，野 猪 啦，斑 马

la　　xī niú la　　tù zi la　　huā māo la　　děng děng
啦，犀 牛 啦，兔 子 啦，花 猫 啦，等 等。

bèn gǒu xióng yào zài tā shēng rì nà tiān qǐng péng
笨 狗 熊 要 在 他 生 日 那 天 请 朋

you men lái chī fàn
友 们 来 吃 饭。

bèn gǒu xióng gāng gāng bān guo jiā　　dà huǒr　　dōu
笨 狗 熊 刚 刚 搬 过 家，大 伙 儿 都

bù zhī dào tā xiàn zài zhù de fáng zi zài nǎr
不 知 道 他 现 在 住 的 房 子 在 哪 儿。

走进童话王国

057

他决定给每一个朋友写一封信。

他寻思，我应该在信上把我家新房子的标记告诉朋友们。

笨狗熊走出房子看了看，瞅见房顶上正栖息着一只白色的鸽子。

笨狗熊高兴极了，不禁自言自语地说："对，就这样：我在信上说，我家房顶上有一只白鸽，这就是标记。这样，朋友们一定很容易认出我的新房子了！"

生日那天，笨狗熊为朋友们准备了十分丰盛的饭菜。屋里屋外收拾得整整齐齐，打扫得干干净净。

但是，笨狗熊从清早一直等到

^{tiān hēi} ^{shǐ zhōng bú jiàn yí gè kè rén lái} ^{tā nà}
天 黑 ， 始 终 不 见 一 个 客 人 来 。 他 纳

^{mèn jí le} ^{yě shāng xīn jí le}
闷 极 了 ， 也 伤 心 极 了 。

^{zhè jiū jìng shì zěn me huí shì ne}
—— 这 究 竟 是 怎 么 回 事 呢 ？

^{cōng míng de xiǎo péng you} ^{qǐng nǐ kāi dòng nǎo jīn}
聪 明 的 小 朋 友 ， 请 你 开 动 脑 筋

^{xiǎng yi xiǎng}
想 一 想 。

牵手阅读

　　故事中的笨狗熊热情好客，准备了丰盛的饭菜招待好朋友们，但是所有的小动物朋友都没能顺利找到它新家的位置，这是因为笨狗熊以一只栖息在房顶上的白鸽作为标志，但白鸽并不是静止不动的事物，它随时都会飞走移动，因此并不适合作为地标。这也启示我们，不能静止不动地看待事物，而要全面考虑事物的属性和不同时间下的状态。所以小朋友们，如果遇到类似的情况，你们会选择什么样的事物作为地标呢？

导读

　　春天到了，蜗牛妈妈让小蜗牛去森林里看看。可是小蜗牛走得太慢了，等到它走到森林，春天已经过去了。它该怎么办呢？

小蜗牛
xiǎo wō niú

［俄］巴乌姆美莉

shì qíng fā shēng zài chūn tiān
事情发生在春天。

wō niú mā ma duì hái zi shuō dào xiǎo shù
蜗牛妈妈对孩子说："到小树

lín lǐ qù wán wan shù yèr fā yá le
林里去玩玩，树叶儿发芽了。"

xiǎo wō niú pá de hěn màn hěn màn hǎo jiǔ cái
小蜗牛爬得很慢很慢，好久才

pá huí lái tā shuō mā ma xiǎo shù lín lǐ de
爬回来。它说："妈妈，小树林里的

xiǎo shù zhǎng mǎn le yè zi bì lù bì lù de dì
小树长满了叶子，碧绿碧绿的，地

上还长着许多草莓呢。"

蜗牛妈妈说："哦，已经是夏天了！快去采几只草莓回来。"

小蜗牛爬啊，爬啊，好久才爬回来，它说："妈妈，草莓没有了，地上长着蘑菇，树叶儿全变黄了。"

蜗牛妈妈说："哦，已经是秋天了！快去采几只蘑菇回来。"

小蜗牛爬啊，爬啊，好久才爬回来，它说："妈妈，蘑菇没有了，地上盖着雪，树叶儿全掉了。"

蜗牛妈妈说："哦，已经是冬天了！唉，你就躲在家里过冬吧。"

（陈玮君　牟正秋　译写）

牵手阅读

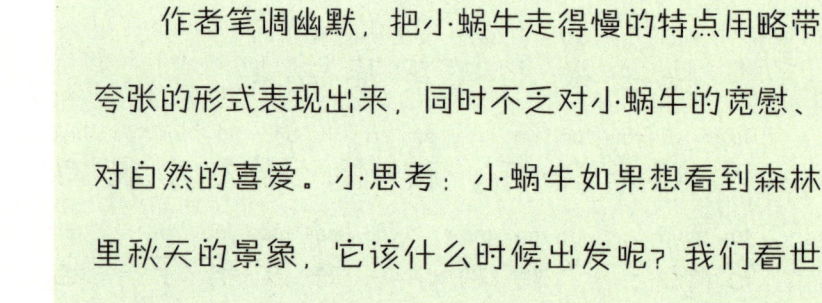

　　作者笔调幽默，把小蜗牛走得慢的特点用略带夸张的形式表现出来，同时不乏对小蜗牛的宽慰、对自然的喜爱。小思考：小蜗牛如果想看到森林里秋天的景象，它该什么时候出发呢？我们看世界的时候，应该慢慢地走还是快些抵达终点呢？

导读

巫婆格里格预言桥的那边住着可怕的白胡子魔鬼格里郎，但是小男孩大麦和小女孩小米仍然展开了勇敢的冒险，他们遭遇了什么？又有什么新的发现呢？

<ruby>桥<rt>qiáo</rt></ruby><ruby>那<rt>nà</rt></ruby><ruby>边<rt>biān</rt></ruby>

汤素兰

<ruby>大<rt>dà</rt></ruby><ruby>山<rt>shān</rt></ruby><ruby>里<rt>lǐ</rt></ruby><ruby>有<rt>yǒu</rt></ruby><ruby>一<rt>yí</rt></ruby><ruby>座<rt>zuò</rt></ruby><ruby>小<rt>xiǎo</rt></ruby><ruby>村<rt>cūn</rt></ruby><ruby>庄<rt>zhuāng</rt></ruby>，<ruby>村<rt>cūn</rt></ruby><ruby>子<rt>zi</rt></ruby><ruby>里<rt>lǐ</rt></ruby><ruby>住<rt>zhù</rt></ruby><ruby>着<rt>zhe</rt></ruby><ruby>小<rt>xiǎo</rt></ruby><ruby>男<rt>nán</rt></ruby><ruby>孩<rt>hái</rt></ruby><ruby>大<rt>dà</rt></ruby><ruby>麦<rt>mài</rt></ruby><ruby>和<rt>hé</rt></ruby><ruby>小<rt>xiǎo</rt></ruby><ruby>女<rt>nǚ</rt></ruby><ruby>孩<rt>hái</rt></ruby><ruby>小<rt>xiǎo</rt></ruby><ruby>米<rt>mǐ</rt></ruby>，<ruby>还<rt>hái</rt></ruby><ruby>住<rt>zhù</rt></ruby><ruby>着<rt>zhe</rt></ruby><ruby>黑<rt>hēi</rt></ruby><ruby>头<rt>tóu</rt></ruby><ruby>发<rt>fa</rt></ruby><ruby>巫<rt>wū</rt></ruby><ruby>婆<rt>pó</rt></ruby><ruby>格<rt>gé</rt></ruby><ruby>里<rt>lǐ</rt></ruby><ruby>格<rt>gé</rt></ruby>。

<ruby>村<rt>cūn</rt></ruby><ruby>边<rt>biān</rt></ruby><ruby>的<rt>de</rt></ruby><ruby>小<rt>xiǎo</rt></ruby><ruby>河<rt>hé</rt></ruby><ruby>上<rt>shàng</rt></ruby><ruby>有<rt>yǒu</rt></ruby><ruby>一<rt>yí</rt></ruby><ruby>座<rt>zuò</rt></ruby><ruby>小<rt>xiǎo</rt></ruby><ruby>木<rt>mù</rt></ruby><ruby>桥<rt>qiáo</rt></ruby>。

<ruby>太<rt>tài</rt></ruby><ruby>阳<rt>yáng</rt></ruby><ruby>每<rt>měi</rt></ruby><ruby>天<rt>tiān</rt></ruby><ruby>把<rt>bǎ</rt></ruby><ruby>小<rt>xiǎo</rt></ruby><ruby>木<rt>mù</rt></ruby><ruby>桥<rt>qiáo</rt></ruby><ruby>涂<rt>tú</rt></ruby><ruby>成<rt>chéng</rt></ruby><ruby>金<rt>jīn</rt></ruby><ruby>红<rt>hóng</rt></ruby><ruby>色<rt>sè</rt></ruby>。

"<ruby>咿<rt>yī</rt></ruby><ruby>呀<rt>yā</rt></ruby><ruby>咿<rt>yī</rt></ruby><ruby>呀<rt>yā</rt></ruby>。"<ruby>金<rt>jīn</rt></ruby><ruby>红<rt>hóng</rt></ruby><ruby>的<rt>de</rt></ruby><ruby>小<rt>xiǎo</rt></ruby><ruby>木<rt>mù</rt></ruby><ruby>桥<rt>qiáo</rt></ruby><ruby>天<rt>tiān</rt></ruby><ruby>天<rt>tiān</rt></ruby>

这样唱歌。

大麦和小米喜欢到会唱歌的小桥边玩。巫婆格里格说："大麦和小米，你们千万别到桥那边去，桥那边住着可怕的白胡子魔鬼格里郎，小桥唱的是魔鬼的歌。"

晚上，大麦和小米趴在窗口看星星，又听见小桥在唱："咿呀咿呀。"大麦说："我不相信格里格的话，我想到桥那边去看看。"

"我跟你一起去。"小米说。

第二天一大早，格里格巫婆还没有醒来，大麦和小米就跑上了金红的木桥。"咿呀咿呀，咿呀咿呀。"

小桥唱得更欢了。

他们跑过小桥，在桥的那边，看到了一座木头房子，一个白胡子老爷爷在屋前的园子里种花。

"老爷爷，听说桥这边住着魔鬼格里郎，你不害怕吗？"大麦和小米问。

老爷爷停下手中的活，惊奇地看着大麦和小米："我就是白胡子魔鬼格里郎，我一点也不可怕。我倒是替你们担心。桥那边住着黑头发巫婆格里格，你们不怕？"

大麦和小米笑起来："巫婆格里格才不可怕呢，她是我们的奶奶！"

这时候，黑头发巫婆格里格追过

花开的旋律

桥来了。格里格看见了白胡子格里郎，格里郎也看见了黑头发巫婆格里格。他俩你瞧瞧我，我瞧瞧你，都大笑起来：

"原来你一点也不可怕啊！"

从此以后，大麦、小米、格里格、格里郎经常在桥两边来来往往。

"咿呀咿呀，咿呀咿呀。"小桥日夜唱着欢快的歌。

牵手阅读

这则故事告诉我们，不要在没有亲身的尝试和体验之前，就产生恐惧畏难的情绪。所以小朋友们，千万不要被未知的困难吓倒，亲自试一试，说不定所谓的"困难"只是一件简单的小事，你轻轻松松就能做到。

有趣的生活
yǒu qù de shēng huó

生活虽然大多数时候很平凡，没有电
视剧里那样跌宕起伏、充满故事性，但只
要我们细心感受，就会发现生活中很多
有趣的事情。在这个章节里，我们可以和丁
一小一起学写字，看看到底是什么原因，让
丁一小的字写不好呢？写字的时候，如果把
不想写的字写成一个圈圈，又会发生怎
样令人捧腹的事情呢？生活就是要在平
淡中品出趣味，快来一起看看吧！

　　丁一小写字不好看，他说了很多原因，但好像少了一个最重要的原因呢。到底是什么，让丁一小写不好字呢？快来帮帮他吧！

dīng yī xiǎo xiě zì
丁一小写字

任溶溶

　　dīng yī xiǎo xiě zì　xiě lái xiě qù xiě bù hǎo
　　丁一小写字，写来写去写不好。

duì le　shì wǒ de zhǐ bù hǎo
"对了，是我的纸不好！"

　　tā bǎ jiě jie de zhǐ ná lái xiě　tā yòng jiě
　　他把姐姐的纸拿来写。他用姐

jie de zhǐ xiě zì　xiě lái xiě qù xiě bù hǎo　duì
姐的纸写字，写来写去写不好。"对

le　shì wǒ de bǐ bù hǎo
了，是我的笔不好！"

　　tā bǎ jiě jie de bǐ ná lái xiě　tā yòng jiě jie
　　他把姐姐的笔拿来写。他用姐姐

的纸、姐姐的笔写字，写来写去写不好。"对了，是我的位子不好！"

他坐到姐姐的位子上去写字。

他用姐姐的纸、姐姐的笔，坐在姐姐的位子上写字，写来写去写不好。

"我还有什么东西不好呢？"

姐姐拿起了丁一小丢掉的纸，拿起了丁一小丢掉的笔，坐在丁一小的位子上，身子一动不动，认认真真、一笔一笔地写字。瞧，她写出来的字多好！

丁一小明白了："不是我的纸不好，不是我的笔不好，不是我的位子不好，是我自己不好。"

花开的旋律

<ruby>他<rt>tā</rt></ruby> <ruby>像<rt>xiàng</rt></ruby> <ruby>姐<rt>jiě</rt></ruby> <ruby>姐<rt>jie</rt></ruby> <ruby>一<rt>yí</rt></ruby> <ruby>样<rt>yàng</rt></ruby> ，<ruby>身<rt>shēn</rt></ruby> <ruby>子<rt>zi</rt></ruby> <ruby>一<rt>yí</rt></ruby> <ruby>动<rt>dòng</rt></ruby> <ruby>不<rt>bú</rt></ruby> <ruby>动<rt>dòng</rt></ruby> ，<ruby>认<rt>rèn</rt></ruby> <ruby>认<rt>rèn</rt></ruby> <ruby>真<rt>zhēn</rt></ruby> <ruby>真<rt>zhēn</rt></ruby> 、<ruby>一<rt>yì</rt></ruby> <ruby>笔<rt>bǐ</rt></ruby> <ruby>一<rt>yì</rt></ruby> <ruby>笔<rt>bǐ</rt></ruby> <ruby>地<rt>de</rt></ruby> <ruby>写<rt>xiě</rt></ruby> <ruby>字<rt>zì</rt></ruby> 。<ruby>瞧<rt>qiáo</rt></ruby> ，<ruby>他<rt>tā</rt></ruby> <ruby>写<rt>xiě</rt></ruby> <ruby>的<rt>de</rt></ruby> <ruby>字<rt>zì</rt></ruby> <ruby>也<rt>yě</rt></ruby> <ruby>好<rt>hǎo</rt></ruby> <ruby>了<rt>le</rt></ruby> 。

牵手阅读

丁一小写字写不好，不怪自己，反而去怪他的纸不好、笔不好、位子不好。可是同样的纸、笔、位子，为什么姐姐写的字就好看呢？说明问题出在丁一小自己的身上。很多时候我们也会面临相似的情况，想一想，在同样的外部条件下，为什么别人做的和我做的结果不一样呢？如果确实是自己的问题，就应该勇敢地承认，并加以改正。小朋友们，要不要学学丁一小，试着一笔一划写字呢？

写字好麻烦啊，如果把字写成圈圈圈，是不是就省事很多了？大成也是这样想的，没想到，他这样做却在课堂上闹出了笑话……

quān quān quān
圈 圈 圈

安伟邦

dà chéng ài kàn shū kě shì bú ài xiě zì
大成爱看书，可是不爱写字。

lǎo shī jiāo tā xiě zì tā xīn lǐ shuō wǒ zhǐ
老师教他写字，他心里说："我只

yào néng kàn shū jiù xíng le
要能看书就行了。"

yì tiān shàng yǔ wén kè lǎo shī yào dà jiā tīng
一天，上语文课，老师要大家听

xiě dà chéng yì tīng jiù zháo huāng le tā ná zhe qiān
写。大成一听就着慌了，他拿着铅

bǐ shǒu yǒu diǎn fā dǒu zhǐ tīng lǎo shī niàn dào
笔，手有点发抖，只听老师念道：

"啄木鸟，嘴儿硬，笃笃笃，捉小虫，大家叫它树医生。"

大成有好几个字写不出来，只好在纸上写着：

〇木鸟，〇儿〇，〇〇〇，〇小虫，大家叫它树〇生。

大成写完，就交给老师。

第二天，老师让他把自己写的念一念。他念道：

"圈木鸟，圈儿圈，圈圈圈，圈小虫，大家叫它树圈生。"念着念着，同学们哗的一声笑了。大成很难为情。

老师说："大成，你自己写的

dōng xi zì jǐ dōu kàn bù dǒng bié rén zěn me kàn
东 西 , 自 己 都 看 不 懂 , 别 人 怎 么 看

de dǒng ne
得 懂 呢 ? ”

　　dà chéng zài xīn lǐ shuō lǎo shī shuō de duì
　　大 成 在 心 里 说 : “ 老 师 说 得 对

ya wǒ yīng gāi hǎo hǎo xué xí xiě zì yào shi bié rén
呀 ! 我 应 该 好 好 学 习 写 字 。 要 是 别 人

bǎ zì yě huà chéng quān quan wǒ dào nǎ lǐ qù zhǎo shū
把 字 也 画 成 圈 圈 , 我 到 哪 里 去 找 书

kàn ne
看 呢 ? ”

 牵手阅读

　　《圈圈圈》的故事和《丁一小·写字》很相近，都是刚刚学习写字时碰到了麻烦，这在儿童学习生活中是经常见到的。但大成与丁一小·面对问题的态度好像哪里不太一样？丁一小·是把写不好字的原因归结到纸、笔和位子上，认为外部原因导致自己写不好字；大成则是没有认识到认真写字的

重要性，用圈来代替写不出的字，结果闹出了笑话。两个孩子的态度都充满童真，并且他们都认识到了自身存在的问题。故事虽然篇幅短小，但是人物形象立体，情节生动有趣。小朋友们，你们是怎样学写字的呢？

荷花妹妹的珍珠不见了，她找遍了整条小河都没找到，小雨找不到，太阳公公也找不到，为什么最终月亮姐姐送回了珍珠呢？

找珍珠

王若英

荷花妹妹有三颗晶莹的珍珠，

她可喜欢啦！

清风吹，荷叶摇，叮咚一声，

一颗珍珠滑下河，溅起一朵小水花。

河水忙掀起浪花，帮着荷花妹

妹找珍珠。

hé shuǐ méi zhǎo zháo　　qǐng xiǎo yú bāng zhe zhǎo　xiǎo
河水没找着，请小鱼帮着找，小

yú qián dào shuǐ dǐ zhǎo a zhǎo　　hái shì méi zhǎo zháo
鱼潜到水底找啊找，还是没找着。

tài yáng chū lái le　　hé huā mèi mei qǐng tài yáng
太阳出来了，荷花妹妹请太阳

gōng gong bāng zhe zhǎo　　tài yáng shuō　　　ràng wǒ qiáo qiao
公公帮着找，太阳说："让我瞧瞧

zhēn zhū shì shá mú yàng
珍珠是啥模样。"

荷花妹妹把珍珠给太阳公公细
细瞧，奇怪，珍珠"冒烟"了，没了。

荷花妹妹哭了。

太阳不知道珍珠是怎么不见的，
觉得很对不起荷花妹妹，就让小青蛙
请月亮姐姐找珍珠，月亮笑着说：
"不用找，珍珠会回来的。"

天黑黑，夜凉凉，珍珠回来啦！

荷花妹妹笑啦！

荷花妹妹高兴地说："谢谢月
亮姐姐送回珍珠，我一定不让珍珠
再丢了。"

月亮笑着问青蛙："荷花妹妹
说得对不对？"

牵手阅读

　　荷花妹妹的珍珠不小心滴落到了河里。河水找不到，是因为珍珠与浪花融合在了一起，难分难离；太阳公公找不到，是因为太阳温度过高，珍珠蒸发了，不见踪影；月亮姐姐能找到，是因为到了夜晚气温降低，新的珍珠又重新形成了。作者采用拟人的手法，将简单的自然现象融入在生动的故事中，赋予大自然人的情态，活泼有趣。那么小朋友，你们猜出来"珍珠"是什么了么？

导读

　　在大山里有一位神秘的摄影师，它唱着歌，给山里的所有的小动物都照了一张相片，可是它照出来的照片，却不能拿在手里看。这是为什么呢？

小 河

冯幽君

山下，有条清亮亮的小河，好像镜子一样。

小河会唱歌，日日夜夜地唱歌，是一条欢乐的小河。

小河会照相，谁来就给谁照张相，是一条热心肠的小河。

有趣的生活

鸭子来到河边，小河给它照张相。

花鹿来到河边，小河给它照张相。

熊猫来到河边，小河给它照张相。

蜗牛来到河边，小河给它照张相。

小河照完相，又给大家唱了一支非常有趣的歌：

鸭子相片扁扁嘴，

花鹿相片脖子长，

熊猫相片黑眼圈，

锅牛相片背着房……

大家听完小河的歌，都互相看看，然后乐得前仰后合。鸭子说："我去把相片捞出来，再仔细看看。"它捞了好长时间，怎么也捞不上来。

yì mō　　xiàng piàn jiù biàn le mú yàng
一摸，相片就变了模样。

dà jiā dōu gǎn dào hěn qí guài 　 yí 　 zhè shì zěn
大家都感到很奇怪。咦，这是怎

me huí shì ne 　　wèi shá zhè xiàng piàn zhǐ néng kàn 　 bù
么回事呢？为啥这相片只能看，不

néng mō ne 　　wèi shá yì mō jiù biàn yàng ne
能摸呢？为啥一摸就变样呢？

牵手阅读

神秘的摄影师小河把大家一切的美好都记录

下来：憨厚的小鸭子、漂亮的梅花鹿、可爱的小

熊猫和背着重重的壳的蜗牛。这些美好的瞬间就

像我们生活里开心的事情一样，我们可以用相机

把它们记录下来，但它们却如河水里的倒影一样，

看得见却摸不着。时间就像水流，匆匆地从我们

的眼前流过。所以呀，要珍惜自己的家人和朋友，

把握好每一分每一秒，做最好的自己！

有趣的生活

从古至今，被人们称颂的往往是具有高尚道德情操的人，他们以崇高的精神品质照耀了历史的星河，他们是中华道德楷模。我们之所以铭记他们，是因为他们的所作所为彰显了身为人的尊严与价值，以大无畏的精神、无私奉献的胸怀感染了一辈又一辈的人。楷模没有年龄界限，哪怕是十几岁的少年也可以成为道德楷模，赖宁就是其中的代表。就让我们一起走进赖宁的故事，共同铭记这位了不起的英雄少年。

导读

他用生命守护了"人民的利益高于一切"的人生信条，他是当之无愧的少年楷模，他就是赖宁。

永不熄灭的火炬

——英雄少年赖宁

　　赖宁，少年英雄，四川石棉县人。他胸怀大志，品学兼优，全面发展，从上小学开始，年年被评为三好学生和优秀少先队员。曾获省红领巾读书读报奖章活动一等奖，地区少年儿童绘画比赛二等奖和县儿童书法比赛一等奖。小学毕业后，他以全县第一名的成绩考入重点中学——石棉县一中。赖宁对祖国、对家乡、对人民、对生活无比热爱；他有着远大志向，要做像李四光那样的科学家；他坚持几年为家乡探险寻宝，利用节假日采集矿石标本，进行无线电实验。他求知若渴地进行学习，好追根寻底，有积极探求的进取精神。赖宁的家乡石棉山区是火险区，赖宁读小学的时候曾三次上山灭火。他做了这些事，既不写出来，更不告诉别人，直到林业部门把表扬信寄到学校，老师们才知道。

中国楷模

1988 年 3 月 13 日是个星期天。下午 3 点半，石棉县城附近的山林因电线短路引起大火。因有大风，刹那间山上一片火海。大片森林、卫星电视转播台和石油公司油库，都面临着巨大的威胁。那天，赖宁写完作业下了楼，一眼便看见了冲天的火焰。他连告诉妈妈一声都来不及，就飞快地直奔火场。

赖宁跑到山上，挥动松枝奋力灭火。高达二三十米的火焰，狂烧猛窜，赖宁和他的伙伴英勇顽强，一次次地冲向火海。

这时天色已晚，现场指挥救火

的县领导和消防官兵，命令用汽车将参加救火的学生强行送下山。赖宁、周伟、王海等同学也被拉上了车。

　　山间的火势越来越猛，烧焦的枯枝败叶在火焰的冲腾下漫天飞舞，发出噼啪的爆响。天黑了，山陡路滑，风助火势，野火更猖獗了。赖宁不忍心看到国家财产遭到严重损失，便跳下了车，继续救火。王海和周伟也跟着跳了下去。三个人手拿松枝，又一次去迎战烈火。山上的狂风左一股，右一股，撩拨得火焰东奔西窜。

花开的旋律

9点钟左右，天全黑了。赖宁、王海和周伟三个同学被大火截住了退路。忽然一阵狂风刮来，把离他们十多米的一片大火呼地吹到他们身边。风向一变，赖宁就和同学们失散了。赖宁独自在火中向山上攀登。

大火终于扑灭了。三千五百余亩森林保住了，卫星电视转播台和石油公司库都平安无事了。14日上午，人们在海子山南坡的过火林带中，发现了赖宁的遗体，他牺牲时，年仅十四岁。他右臂紧紧挽着一棵小松树，额头靠着山坡，眼镜

丢失了，左手撑着地，右腿还保持

着向上攀登的姿势，他的遗体四周

静静地飘升着缕缕青烟。

17日，石棉县县委、县政府为少

年英雄赖宁举行了隆重的追悼会，参

加追悼会的有三千多人。老人说，这

是当地历史上最隆重的葬礼。横

断山入云，大渡河呜咽。无声的泪

水，深情的怀念，一齐献给这位英

雄的少年。

1989年5月31日，共青团中央和

国家教委授予赖宁"英雄少年"的

光荣称号，并号召全国各族少先

队员向赖宁同学学习。同年10月，

共青团中央、全国少工委、中央电视台联合举办"第一届全国十佳少先队员"评选活动，赖宁被评为"全国十佳少先队员"第一名。在中华人民共和国成立四十周年、中国少年先锋队建队四十周年之际，全国少工委发出了广泛开展"学赖宁，学十佳，争做优秀少先队员"活动的通知，号召全国各地少先队员积极开展各种活动，掀起了"学赖宁、学十佳"的热潮。

赖宁的事迹深刻地反映了当代少先队员朝气蓬勃、奋发向上的精神风貌。他用实际行动实践了

rén mín de lì yì gāo yú yí qiè de chóng gāo lǐ
"人民的利益高于一切"的崇高理

xiǎng hé xìn niàn shǎn shuò zhe gòng chǎn zhǔ yì sī xiǎng
想和信念，闪烁着共产主义思想

guāng huī wèi quán guó qīng shào nián shù lì le xué xí de
光辉，为全国青少年树立了学习的

bǎng yàng
榜样。

 牵手阅读

赖宁年纪虽小，却有着极佳的精神品质。他多次上山灭火、保护国家财产，却从不邀功，不在意荣誉。他热爱学习、品学兼优，对知识和科学充满热情，本应该成长为国家的栋梁之材、实现自己的人生理想。但当他面对火场时，他不顾生命危险也要保护森林，保护国家财产，最终不幸牺牲，这种精神令人动容。大家思考一下，当你面临相似的情况，你会做出怎样的选择呢？

zhōng huá chéng yǔ gù shi
中 华 成 语 故 事

chéng yǔ bù jǐn bāo hán fēng fù de lì shǐ zhī shi hái yùn hán
成 语不仅包含丰富的历史知识，还蕴含

zhe shēn kè de dào lǐ duǎn duǎn jǐ gè hàn zì biàn néng gòu dài wǒ
着深刻的道理。短短几个汉字，便能够带我

men zǒu jìn yí gè dòng rén de shì jiè zài zhè ge zhāng jié zhōng wǒ
们走进一个动人的世界。在这个章节中，我

men jiāng zǒu jìn xuàn lì duō cǎi de chéng yǔ shì jiè gǎn shòu chéng
们将走进绚丽多彩的成语世界，感受成

yǔ de jīng liàn xíng xiàng tòu guò chéng yǔ gù shi xué xí zhī
语的精练、形象，透过成语故事，学习知

shi cóng ér huò dé qǐ fā
识从而获得启发。

深山里有一只猴子，想变成快乐的人，但它要为此忍受拔毛之痛。这只猴子会怎样做呢？快来看看吧！

一毛不拔

有一只生长在深山里的猴子，它非常羡慕人类。它觉得，人类的生活太快乐了。果实熟了的时候，他们可以一担一担往家挑，不像猴子，一年到头四处寻觅食物，找一个吃一个，饥一顿饱一顿的；冬天刮风下雪，人可以待在温暖的家里，家里也有过冬的粮食，不像猴子一到冬天，只能在冷冰冰的石洞里受冻挨饿。这只猴子想，来世我一定不再做猴子了！

后来，这只猴子死了，它到阴间拜见阎王。阎王问猴子说："来世你还想做猴子吗？"猴子连忙说："不想做猴子了，请阎王让我变成人吧！"阎王说："也好，不过想变成人得有个条件，那就是必须将你身上的毛全部拔掉。"

地府的士兵让猴子趴下，准备给它拔毛。可是刚拔下一根毛，猴子便大叫起来："哎哟，受不了，疼死我了！"

阎王笑着对猴子说："看你一毛不拔，又怎么能成为人呢？"

这只猴子活着的时候只看到人的快乐，却不知道人的快乐是付出辛勤劳动后才获得的。像猴子这样"一毛不拔"的家伙，怎么能做人呢？

牵手阅读

故事里的猴子只想获得快乐，却不想付出，自然是什么都得不到。在生活中，我们每一个人都应该友善地对待身边的朋友，有好东西要学会分享，享受分享的快乐，而不是做一个一毛不拔、吝啬自私的人。

导读

小朋友们，你们知道么，盲人非常渴望看到这个美丽的世界，他们也想知道大象是什么样子的。但是他们会通过什么样的方式来"看"，大象最终在他们心中又呈现出什么样的形象呢？让我们一起来看看下面的故事吧！

盲人摸象

从前，有一位印度国王，他养了许多大象。有一天他突发奇想，找来几个盲人，问他们："你们知道大象是什么样子吗？"盲人们都摇了摇头，他们根本看不见大象的样子。

国王笑了："那你们就用手去

摸一摸吧，然后向我报告！"

盲人们围着大象摸起来，过了一阵子，他们开始向国王报告。

一个盲人摸到了象牙，他说：

"大象就像一个又粗又长的萝卜。"

一个盲人摸到了象耳朵，说：

"大象像个大簸箕。"

一个盲人摸到了象腿，说：

"大象和柱子一样。"

一个盲人摸到了象脚，说：

"大象和舂米的石臼一样。"

一个盲人摸到了象背，说：

"大象好像一张床。"

一个盲人摸到了象尾巴，说：

nǐ men shuō de quán bú duì   dà xiàng yuán lái gēn
"你们说的全不对，大象原来跟

shéng zi yí yàng
绳子一样。"

guó wáng tīng le hā hā dà xiào   yuán lái tā men
国王听了哈哈大笑，原来他们

jiāng zì jǐ mō dào de yí bù fen   wù rèn wéi shì quán
将自己摸到的一部分，误认为是全

bù   suǒ yǐ cái nào zhè me dà de xiào hua
部，所以才闹这么大的笑话！

牵手阅读

在故事中，盲人们对大象的样子得出了各自不同的结论，但都并非大象的真正样貌。这说明盲人们都犯了片面认识事物的错误。这启示我们，在日常生活中要从整体出发，变换角度、发散思维，全面看待和分析事物。

　　家乡是每个人的根，即便我们将来走遍万水千山，也离不开对故土的思念。而对于古代的游子来说，一旦离开家乡出门远行，就意味着很难再回到家乡，路途遥远、建功立业、保家卫国等因素都阻止了他们归乡的脚步。所以本章给大家带来的是几首脍炙人口的思乡诗，让我们走进诗人的内心世界，去体味不一样的乡愁。

花开的旋律

当我们年幼离开家乡，过了很多年才回去，那时家乡会变成什么样呢？原来的人与景物还会在原处吗？让我们跟随诗人一起，走近游子的内心。

回乡偶书二首

［唐］贺知章

少小离家老大回，乡音无改鬓毛衰。

儿童相见不相识，笑问客从何处来。

离别家乡岁月多，近来人事半消磨。

惟有门前镜湖水，春风不改旧时波。

　　这是一首感怀诗。诗人离乡很久，回到家乡发现已经物是人非，熟悉的乡音没有变，自己鬓角的毛发却已稀疏，这种对比让诗人十分感慨。这里的孩子不认得"我"，笑着问诗人从哪里来，不禁让人涌起人世沧桑之感。诗人为何要写"笑问"，值得我们思考。而门前的镜湖水依旧泛起，不因春风的吹拂、时间的流逝而改变，诗人回到家乡，虽然欣喜，但"少小离家"时熟悉的人都不在了，只有曾经的景物迎接自己，这种强烈的对比与反差，使得诗人的感伤之情越加深沉，哀婉不绝。你会运用"对比"的写作手法吗？

花开的旋律

导读

王之涣是盛唐时期的著名诗人，他的诗歌以描写边塞风光著称。读读诗看看诗人在边塞看到了哪些景象？

liáng zhōu cí
凉 州 词

〔唐〕王之涣

huáng hé yuǎn shàng bái yún jiān
黄 河 远 上 白 云 间，

yí piàn gū chéng wàn rèn shān
一 片 孤 城 万 仞 山。

qiāng dí hé xū yuàn yáng liǔ
羌 笛 何 须 怨 杨 柳，

chūn fēng bú dù yù mén guān
春 风 不 度 玉 门 关。

牵手阅读

　　这首《凉州词》是王之涣的代表作，开篇描绘了西北边地广漠、壮阔的风光，奔流的黄河给人以壮美之感；"杨柳"这个意象在古诗中比较常见，古人常用"折柳"表达离别的不舍与思念，这里用"何须怨杨柳"，则是对守卫边疆、不能回乡的将士们的宽慰。大家可以思考一下，这首诗中共有多少种有关边塞的意象？这些意象组合成了怎样的一幅画面呢？

花开的旋律

导读

寂静的夜晚，一叶小舟行驶在水面之上，听着乌鸦的啼鸣，望着岸边的灯火，听着山寺的钟声，诗人的内心会生发怎样的感想呢？

枫桥夜泊
fēng qiáo yè bó

［唐］张　继

月落乌啼霜满天，
yuè luò wū tí shuāng mǎn tiān

江枫渔火对愁眠。
jiāng fēng yú huǒ duì chóu mián

姑苏城外寒山寺，
gū sū chéng wài hán shān sì

夜半钟声到客船。
yè bàn zhōng shēng dào kè chuán

花开的旋律

牵手阅读

　　作者着意描画江南的深秋夜景，巧妙地选取了"月落""乌啼""江枫""渔火"等意象，静中有动，以动衬静。渔民人家的灯火在静止的江枫的陪衬下更显得温暖。后两联写到姑苏城外的寺庙里，悠远的钟声遥遥传到客船边，面对着这空阔的天地万物，诗人羁旅的哀思也流露出来。

诗人独自在异乡客居，到了重阳佳节就忍不住涌起思乡之情。诗人想到远方正在聚会登高的亲朋，会发出怎样的感慨呢？

九月九日忆山东兄弟
jiǔ yuè jiǔ rì yì shān dōng xiōng dì

〔唐〕王 维

dú zài yì xiāng wéi yì kè
独在异乡为异客，

měi féng jiā jié bèi sī qīn
每逢佳节倍思亲。

yáo zhī xiōng dì dēng gāo chù
遥知兄弟登高处，

biàn chā zhū yú shǎo yì rén
遍插茱萸少一人。

古诗词积累——思乡诗

花开的旋律

牵手阅读

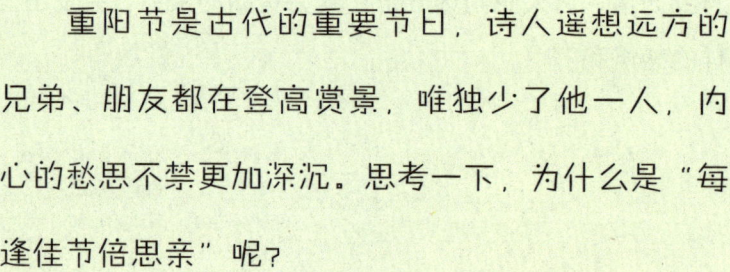

重阳节是古代的重要节日，诗人遥想远方的兄弟、朋友都在登高赏景，唯独少了他一人，内心的愁思不禁更加深沉。思考一下，为什么是"每逢佳节倍思亲"呢？

和大人一起读

书信能够传递思念与问候，书信能够表达感情与祝愿，书信是连接人与人之间的一座彩虹桥。本单元特别设置了《给狗熊奶奶读信》这篇小文章，向我们讲述了一个关于朗读书信的小故事。在阅读的过程中，请想一想，应该用什么样的语调朗读书信最为合适呢？朗读的独特魅力在于哪里呢？

导读

同样一封来自小孙子的信，从河马先生口中念出，惹得狗熊奶奶十分不快；但从夜莺的口中念出，狗熊奶奶却浑身舒服、喜笑颜开，这是为什么呢？

给狗熊奶奶读信

张秋生

邮递员驼鸟阿姨给狗熊奶奶送来了一封信。

狗熊奶奶是那样高兴，她盼信盼了好几天了，她是很想念远方的小孙子的。

狗熊奶奶老眼昏花，她看不清

信上说些什么。

她来到河边，请河马先生帮她念一念信。当河马张开大嘴，高声地读了一句"奶奶您好！"时，狗熊奶奶就不那么高兴了。

"他是这样粗声粗气地称呼我吗？连'亲爱的'也不加。这个没礼貌、不懂事的小东西。"

当信中说到他想吃奶奶做的甜饼时，狗熊奶奶更不高兴了："他就这样用命令的口气，叫我给他捎甜饼吗？这办不到！"

狗熊奶奶气鼓鼓地从河马先生手中拿回信，步履蹒跚地回家了。

zǒu zài bàn lù shàng
走在半路上，

tā yuè lái yuè xiǎng xiǎo sūn zi
她越来越想小孙子

le zhèng qiǎo yè yīng gū niang
了。正巧，夜莺姑娘

zài shù shàng chàng gē tā qǐng
在树上唱歌。她请

yè yīng gū niang bǎ xìn zài dú yí biàn
夜莺姑娘把信再读一遍。

yè yīng gū niang hē le diǎn lù shuǐ rùn run sǎng
夜莺姑娘喝了点露水润润嗓

zi dāng tā niàn le dì yī jù nǎi nai nín hǎo
子，当她念了第一句"奶奶，您好！"

shí gǒu xióng nǎi nai tīng le hún shēn shū fu
时，狗熊奶奶听了浑身舒服：

xiǎo sūn sun nǐ hǎo suī rán nǐ méi yòng
"小孙孙，你好，虽然你没用

qīn ài de kě shì wǒ cóng yǔ qì zhōng tīng chū lái
'亲爱的'，可是我从语气中听出来

le zhè bǐ jiā qīn ài de hái yào qīn ài
了，这比加'亲爱的'还要亲爱……"

dāng niàn dào xiǎo sūn sun xiǎng chī nǎi nai zuò de tián
当念到小孙孙想吃奶奶做的甜

bǐng shí gǒu xióng nǎi nai de yǎn kuàng shī rùn le
饼时，狗熊奶奶的眼眶湿润了：

zhè duō hǎo wǒ kě ài de xiǎo sūn zi tā
"这多好，我可爱的小孙子，他

没忘记我，连我做的蜂蜜甜饼也没忘记，他是一个有良心的孩子……"

狗熊奶奶乐呵呵地从夜莺姑娘手中接回了信，迈着轻快的步子，回家给小孙子做甜饼去了。

牵手阅读

面对着一封来自小孙子的信，河马先生张开大嘴高声朗读让狗熊奶奶感受到小孙子的"没礼貌、不懂事"，但夜莺亲切、婉转的声音却使狗熊奶奶倍觉感动，"眼眶都湿润了"。这则小故事启示我们，语言表达方式的不同会直接影响到表达的最终效果。因此我们在日常的生活中，要注意说话的声调、语气。所以小朋友们，我们应该以什么样的方式和爷爷奶奶交谈呢？

　　本书编选过程中，得到了许多作者和译者的帮助，在此一并致谢。部分文章因编选需要，做了删改，特此说明。虽经多方努力，仍有部分版权所有人未能于出版前取得联系，我们将委托中国文字著作权协会代转稿酬及样书，联系电话：010-65978917。